LES MALHEURS,

DE L'AMOUR.

IMPRIMERIE DE LE NORMANT, RUE DE SEINE.

LES MALHEURS

DE L'AMOUR,

OU

LES MÉMOIRES

D'UNE FEMME.

Je cherche l'amour, et je ne le vois pas.

MONTESQUIEU, *Lett. Pers.*

A PARIS;

Chez { LE NORMANT, Imprimeur-Libraire, rue de Seine, n° 8.
DELAUNAY, Libraire, Palais Royal.

1817.

LES MALHEURS

DE L'AMOUR.

———

J'AI été malheureuse et sensible ; j'ai cherché dans l'histoire des hommes celle de mes peines, je n'ai rien vu qui présentât à mon cœur l'image de l'amour tel que je l'ai connu. Nos passions ont quelque chose d'infini. Un sentiment mêlé de tant de peines et d'espérances, si concentré en lui-même qu'un objet semble le remplir, et si diversifié qu'il ne semble

bientôt plus une affection particulière pour un objet, mais un besoin
naturel du cœur humain, si vaste,
qu'il aboutit à tout, et n'a de bornes
que celles de notre inconstance; ce
sentiment, dis-je, ne peut être repré-
senté par le tableau simple et limité
d'une passion. Ses élémens sont dans
nos affections isolées, son histoire est
dans le cœur humain. J'ai eu l'idée d'en
donner une image conforme à cette manière générale de le sentir, ou plutôt
dont je l'ai senti moi-même. Ma vie a
été mêlée avec tant d'autres. J'ai eu la
confidence de tant de sentimens, que
je n'offre pas l'histoire d'une personne,
mais celle de mon sexe entier.

Je suis née pour aimer, pour trouver une autre existence dans la vie
par ce sentiment. Ma destinée me fut
annoncée dans l'enfance par une idée

singulière, le seul événement de mes premières années dont je parlerai, parce qu'il fut la source d'une nouvelle existence. Je me rappelle que je fus surprise au milieu de mes jeux d'une idée si vive de l'amour, que je me félicitai du bienfait de la vie, où j'étois appelée à jouir d'un sentiment si délicieux. Le nom de l'amour étoit une découverte qui m'enchantoit ; l'image de l'être qui devoit en être l'objet étoit déjà une possession ; et jusqu'au nom de son sexe, dont je pouvois l'appeler un jour, portoit à mon cœur une impression ravissante. Cette manière de voir s'étendoit sur toute ma vie, et en disposoit tellement, qu'il me sembloit que je ne devois plus être heureuse ou malheureuse que par elle. J'étois alors dans ma douzième année ; le seul événement qui fit diversion à ma nouvelle situation fut mon entrée au couvent, où je fus mise pour achever mon éducation.

J'aurois peu de choses à dire de mon séjour dans cette retraite, si je me bornois à parler du progrès de mes idées. Je connoissois l'amour, mais par son nom. J'étois pleine d'un sentiment tendre, mais obscur et vague. J'apportois cependant cette connoissance dans mon couvent; c'étoit beaucoup. Je ne croyois pas mes compagnes aussi avancées, et j'en concevois une grande idée de ma supériorité. La vue de leur charmant visage, qu'on ne pouvoit s'empêcher d'aimer, devoit cependant me désabuser, et me faire soupçonner de leur cœur ce qu'elles étoient si bien faites pour inspirer.

La première avec laquelle je liai connoissance étoit une jeune Irlandaise qu'on faisoit élever en France. Elle se nommoit Lucie Adinlton. Sa beauté et sa douceur me la firent désirer pour amie, et la prévenance que je mis à la rechercher fut aussitôt payée par sa confiance et l'aveu d'un état pareil au mien. Elle étoit aussi nouvellement avertie d'un sentiment dont la découverte la remplissoit d'une douce émotion. Nous passions nos momens de liberté à nous entretenir de la singularité de nos idées, à laquelle ajoutoit encore notre ignorance. Lucie Adinlton ne savoit rien de plus que moi, et je ne savois rien de plus qu'elle. Nos suppositions sur la manière dont nous aimerions un jour étoient le sujet de nos épanchemens. Lucie Adinlton joignoit à une grande beauté un caractère de naïveté qui donnoit un grand prix à ses aveux. Elle étoit belle, et une empreinte de douceur repandue sur ses traits annonçoit sa résignation aux épreuves que le sort lui gardoit.

Ma raison, au-dessus de mon âge, m'attira l'amitié d'une autre pension-naire. Elle étoit aussi très-belle, mais emportée dans ses passions autant que l'autre étoit tendre. Un service que je fus dans le cas de lui rendre fut la cause de sa confiance. Elle en savoit plus que nous sur l'amour, et vint mêler à notre innocente tendresse la triste impression de l'inquiétude qu'en-traînent les passions. J'appris d'elle quel empire un homme pouvoit exer-cer sur nos sentimens. J'avoue même que j'en fus effrayée. Une passion aussi malheureuse que la sienne n'étoit pas de nature à séduire. Elle pleuroit beaucoup ; et sa tendresse pour un amant ne servoit qu'à lui rendre insupportable la règle et les privations de la retraite. La dépendance de cette infortunée, et le choix qu'elle sembloit faire de la cruelle tyrannie d'un homme, me sembloient une espèce d'humiliation pour notre sexe. Elle m'inspiroit de la pitié ; mais cette pitié étoit pénible, et me donna du dégoût pour sa société.

Je vis bientôt combien je m'étois méprise sur le compte de mes jeunes compagnes, et combien il y en avoit peu d'étrangères au trouble innocent de mon cœur. Leur complicité se trahissoit de mille manières ; dans les jeux, où les pensionnaires les plus avancées s'éloignoient du tumulte, pour aller à l'écart se faire d'innocens aveux, ou s'entretenir de leurs peines ; dans les actions les plus indifférentes, où des souris, des regards d'intelligence, trahissoient encore le mystère.

Au milieu de mes compagnes mon caractère s'étoit irrévocablement formé. Le trait distinctif sembloit en être la tendresse et un grand penchant à l'amour. L'idée que j'avois eue autrefois comme par inspiration s'étoit fortifiée avec les années, et m'occupoit uniquement. Je devois être bientôt mariée. Cet événement me sembloit le comble de mes espérances, et je passois mes jours à m'en entretenir avec Lucie.

Ce fut dans ce moment qu'elle s'ouvrit à moi d'un secret qui fit le sort de sa vie et de la mienne. Elle devoit être mariée en France, et elle recevoit, depuis quelque temps, des visites d'un jeune homme qui étoit son prétendu. Lucie ne pouvoit rien

avoir de caché pour moi. Elle vouloit avoir mon approbation sur son
choix, et me le faire connoître. Nous
prîmes pour cet examen le jour où
son amant avoit la permission de la
voir, et le moment arrivé, j'accom-
pagnai mon amie au parloir. La conversation fut générale : par égard pour
ma présence, elle ne parla pas en particulier à son amant ; je vis même aux
attentions qu'il me témoignoit que ma
visite étoit annoncée, et qu'il s'attendoit
à me voir. Rentrée dans ma chambre,
je me donnai le temps de refléchir sur
le mérite de l'homme dont il s'agissoit ;
j'osai regarder l'amant de mon amie
plus en face que je ne l'avois fait en
sa présence, et je ne le cache pas, je
lui trouvai toutes les qualités de l'époux
dont je m'étois fait l'idée. C'étoit lui
dont l'image étoit depuis si long-

temps gravée dans mon cœur. C'étoit le premier homme que je voyois, mais j'ai reconnu que je le jugeois avec la sagesse de l'expérience ; ce qui venoit peut-être de ce qu'il est imposssible de se méprendre sur un homme de mérite, dont les qualités frappent d'abord, lorsqu'on a le bonheur de le rencontrer, au lieu du faux mérite qu'on auroit pu aimer à sa place.

Sémonville étoit grand, bien fait, s'exprimoit bien ; mais il y avoit dans son air sévère et gracieux et dans sa conversation amusante et grave, quelque chose d'indécis qui promettoit infiniment plus de qualités qu'il n'en pouvoit montrer. On remarquoit plutôt le nombre d'agrémens dont il dédaignoit de faire usage, que ceux qu'au milieu de ses richesses sa négligence faisoit ressortir.

Lucie à qui j'avois fait compliment de son choix, comme pour me montrer sa reconnoissance, me dit que son amant lui avoit beaucoup parlé de moi, et elle ajouta, que puisqu'elle avoit le plaisir de voir que notre amitié en étoit approuvée, elle vouloit que je fusse présente à tous leurs entretiens, et rendre ainsi inséparable tout ce qu'elle aimoit. Je fus flattée intérieurement de l'impression que je faisois sur Sémonville, sans en concevoir cependant rien de favorable pour moi, puisque je consentis à le voir toutes les fois que le verroit Lucie.

Nous nous vîmes long-temps ainsi sans que j'eusse rien à remarquer que l'intérêt toujours nouveau que m'inspiroit le mérite de Sémonville, et la complaisance de mon amie à me rapporter les singuliers reproches de son

amant, lorsqu'il m'arrivoit de manquer à leur entrevue. Enfin cessèrent
tout à coup les encouragemens qu'elle
me donnoit d'y assister ; elle évitoit
avec soin tout ce qui pouvoit en rappeler le souvenir. Ce fut là l'époque
d'un changement dans l'humeur de
Lucie ; elle perdit sa santé. Je sus que
son amant la voyoit moins souvent, et
que leurs entrevues ne se passoient
pas en soins affectueux.

Bientôt elle changea encore de conduite à mon égard. Son amant étoit
infidèle ; elle me confioit son infortune, et l'exemple d'une trahison sans
égale. Soit qu'elle espérât davantage de
ce parti, soit générosité, et on con-
viendra qu'il y en avoit quand on saura
à qui elle croyoit se livrer, elle ne vouloit plus voir Sémonville, et s'en remet-
toit à moi du soin de le lui ramener.

Pour peu qu'on ait fait attention à ce qui précède, et aux circonstances qui avoient accompagné l'infidélité de Sémonville, on verra mieux que je ne le sentois alors quel rôle je jouois en interprétant les plaintes de Lucie à son amant. Je l'aimois il est vrai, je le savois, mais j'en étois aimée, je ne le savois pas, et j'allois me plaindre à lui de l'inconstance que je lui faisois commettre. Sémonville m'écoutoit d'un air distrait et rêveur; mais je dois le dire, avec une affliction qui adoucissoit un peu l'inflexibilité involontaire de ses réponses. Je portois son arrêt à Lucie, qui se demandoit ce qu'elle avoit fait pour mériter de perdre sa tendresse, et qui se jetoit dans mes bras, en me nommant avec une expression singulière de douleur, et en inondant mon sein de ses larmes.

Mon nom prononcé avec cette affectation, et le silence qui l'accompagnoit, auroient dû m'apprendre que Lucie me soupçonnoit de l'infidélité de son amant; mais j'avois sur mes yeux le voile de mon innocence. Tel est le pouvoir d'une conscience pure, qu'elle nous justifie mieux que tous les efforts de la prudence, et que ma tranquillité aura même fini par persuader à Lucie qu'elle étoit victime d'un changement dont j'étois tout-à-fait innocente.

Sémonville qui ne voyoit plus Lucie que fort rarement, prit alors, après une longue explication qu'il eut avec elle, le parti de s'éloigner. Il la quittoit pour un voyage de quelques mois; et d'après la raison qu'il en donna, qui étoit de triompher d'une passion involontaire, il faut avouer qu'il se comporta en honnête homme.

Dès lors Lucie n'eut plus un jour de repos ; sa santé déjà dérangée n'alla plus qu'en empirant dans son inconsolable douleur. Que de malheur et d'infortune ! mais que de douceur et de sérénité ! elle ne se plaignoit pas ; le temps mettoit chaque jour sur ses traits les traces de son secret, mais c'étoit tout. Moi-même à qui elle devoit vouloir tant de mal, elle sembloit me sourire : elle étoit persuadée qu'indépendamment de moi, quelque chose de particulier la privoit de ses espérances. Ce n'est qu'à son dernier moment que, pour prix de la mort que je mettois dans son sein, elle déposa dans le mien le secret de l'amour qu'on avoit pour moi, et le don funeste de l'amant que je lui ravissois. Je la suivis à sa dernière demeure, et je vis la tombe de cette victime de l'amour s'élever au même lieu où quelques jours auparavant nous nous entretenions de ses feux.

La perte de mon amie que j'avois mise au tombeau ; l'éloignement de l'homme que j'aimois, qui lui-même rougissoit de sa faute, et que je pouvois ne plus revoir ; tels étoient les sujets d'affliction qui me restoient dans mon couvent. J'y dois ajouter la perte de cette autre pensionnaire dont j'ai peint l'amour malheureux, et qui périt d'une autre manière en renonçant à son rang et à l'estime d'elle-même, pour suivre son amant qui l'enleva.

J'aurois succombé à tant de coups au-dessus de mes forces ; heureusement je fus retirée du couvent au moment où je n'avois plus que des chagrins à y entretenir.

Le spectacle du monde dans lequel

j'entrois effaça bientôt de si tristes impressions. Je portois au fond de mon cœur des sentimens plus doux que je pouvois nourrir sans remords. Je n'étois point la cause volontaire de la mort de mon amie, et l'infidélité de son amant tout importante qu'elle fût dans l'ordre de mes idées, m'effrayoit foiblement; il n'étoit pas de mon âge de m'y arrêter : dans ma manière de voir elle n'étoit pas naturelle ; et une raison de plus que j'avois pour n'y pas être sensible, c'est qu'elle étoit arrivée pour moi ; Sémonville pouvoit m'aimer, et l'inconstance être un crime inouï pour le reste des hommes. Que de raisons pour me livrer à la tendresse ! Je n'ignorois pas que le monde étoit le théâtre de l'amour, et que là jusqu'aux instrumens qui le perdent tout sert

à son triomphe, jeux, plaisirs, parure, vanité. O Lucie! que de séductions m'appeloient encore dans ce
monde que vous aviez quitté!

*J'y entrois avec les circonstances
les plus favorables pour le bien connoître. Ma naissance m'en ouvroit
l'accès, et les agrémens, et les plaisirs
y venoient au-devant de moi. La première chose que j'y remarquai, parce
qu'elle flattoit mon secret penchant à
la tendresse, c'est cette galanterie établie envers les femmes, qui semble créer
des rapports nouveaux hors de tout
lien, et de tout devoir entr'elles et
les hommes, engendre une familiarité
plus intime que les nœuds du sang,
et fait tout céder à l'avantage de leur
plaire. Je devinois, comme par ins-
tinct, l'effet invisible de cette puissance
magique qui renverse toutes les bar-

rières de convention devant l'ordre plus naturel du plaisir, et dont le langage enchanté donne d'un mot au premier venu des droits, maîtres des cœurs, plus forts que l'autorité, et plus doux que l'habitude. Cet ordre de choses me paroissoit le triomphe de l'amour. C'est ainsi que je voyois l'erreur et le crime même.

La coquetterie des femmes, en annonçant le désir de plaire aux hommes, me paroissoit aussi une preuve de leur fidélité dans une passion qu'elles servoient uniquement. Leurs vêtemens, leurs intrigues, le rouge, les diamans, les réunions, m'entretenoient de rêveries délicieuses. C'est avec ces idées que je portois dans le cœur des sentimens très-tendres et le goût d'un être unique qui en seroit l'objet,

Avec ces dispositions, on sent bien que je ne négligeois rien de tout ce qui pouvoit étendre mes idées sur un fonds où mon imagination ne pouvoit assez se satisfaire, et que je dévorois plutôt que je ne les voyois les objets qui s'offroient à mes regards. C'est ainsi que furent vues et jugées les personnes de ma société.

Mlle de Folleville est la première que j'eus occasion d'observer. Elle étoit douée de la beauté la plus extraordinaire, et tout ce que la passion de plaire, tout ce que le désir de se rendre plus parfaite peut ajouter à la nature, elle l'avoit. Talens, grâces, parure, tout étoit au service de la plus belle personne du monde. Je n'ai jamais vu de beauté plus coquette. Les jeunes filles sont ordinairement tenues à une parure modeste : la pudeur leur retranche tout luxe, et la simplicité les pare. Folleville ainsi vêtue eût été simplement belle. Ce n'étoit rien, si elle n'eût encore été la créature la plus symétriquement parée, la plus idolâtre d'elle-même. C'étoit la beauté en délire; et si la beauté peut rendre folle, elle l'étoit réellement. Le rouge, les diamans, la toilette du goût le plus dépravé, chargeoient pour la profaner sa figure angélique et modeste. La signification et le juste emploi de ses vêtemens étoit encore un autre art dont la combinaison chimérique à laquelle elle s'appliquoit passoit l'effort de l'imagination. Elle ne se mettoit rien sans intention : une fleur, une robe, un ruban, étoient pour elle des idées; elle les arrangeoit comme un discours, et sa toilette étoit parlante, si le sens en étoit clair à d'autres yeux comme aux siens.

Avec autant de beauté que Folleville, Fany de Monval avoit de plus qu'elle, tout ce que l'autre empruntoit de l'art. Elle étoit parée comme elle étoit belle, et éclatoit sans soins; toutes ses ressources se tournoient d'un autre côté, c'étoit à se donner un air de réserve et de vertu composée. Rien de plus décent qu'elle, lorsqu'au fond elle ne recherchoit que le plaisir. Elle aimoit à avoir de ces sortes de secrets que procure l'intrigue. Toute remplie de petits mystères, elle en trouvoit une foule dans ses moindres relations avec un jeune homme. Elle avoit toujours une lettre à cacher ou à rendre, et rien n'égaloit l'adresse avec laquelle elle s'en acquittoit, que son adresse à n'en pas paroître capable. Pour l'achever, puisqu'il lui falloit paroître sage, la hardiesse de ses actions la faisoit passer par une presse assez étroite, mais elle y passoit, et s'en retiroit sans y être froissée le moins du monde.

On a vu qu'il falloit un amant à Folleville, et que Fany de Monval en devoit avoir un qu'elle n'étoit pas destinée à aimer long-temps. J'éprouvois le même besoin. L'amour me sembloit toujours fait pour faire mon bonheur; mais un amour unique, éternel, qui auroit toujours eu en vue le même objet. Le souvenir de Sémonville venoit se mêler à ces idées, et c'étoit rarement sans soupirer que le sort ne me l'eût pas destiné. Ce besoin d'aimer, mieux déterminé, n'étoit même plus que le regret de

cet amant, et ma tendresse une tristesse profonde.

Sémonville étoit revenu de ses
voyages, et ne paroissoit plus se souvenir de moi. Il me fit une visite, et il
ne fut plus question de lui. Je le
voyois souvent dans le monde, mais
c'étoit à d'autres femmes qu'il adres-
soit ses prévenances, et avec lesquelles
il usoit de familiarité ; avec moi sa politesse étoit froide et timide. Sans conserver de prétentions sur lui, je ne l'en
admirois pas moins, puisqu'il ne m'é-
toit plus permis de l'aimer. Que je le
trouvois aimable, et que les femmes qui
attiroient ses soins flatteurs me paroissoient heureuses ! Après avoir passé le
jour à les envier, je passois les nuits
à pleurer. Je n'avois point reçu expres-
sément de témoignage de la haine de
Sémonville, mais il y avoit peu d'ap-

parence qu'il recherchât pour épouse une fille, qu'il paroissoit oublier. Que de lenteurs s'il m'avoit aimée ! Que tardoit-il? et que ma méfiance accusoit ses douloureux ménagemens ! Je perdois le repos, la santé ; je regrettois mon couvent, dont la solitude me rappeloit l'attachement d'un homme sans lequel tout étoit solitude pour moi.

Il y avoit dans la société que je voyois un homme qui prenoit mes chagrins en pitié. On le nommoit le philosophe, et il en méritoit le nom. Rien ne lui échappoit de ma douleur; il en savoit la cause, comme s'il avoit été dans mon secret. Il me prenoit doucement les mains, et me reprenoit gaîment de ma rêverie. La légéreté avec laquelle il plaisantoit les passions annonçoit une âme habituée à les manier. Mon amour lui paroissoit une affliction insensée. Il prévoyoit un temps où je penserois de même : j'apprendrois de la frivolité de ses plaisirs à mépriser ses peines.

Ce sage, qui se nommoit M. de Molvan, avoit pour pupille une jeune personne, modèle vivant de ses principes, mais peu propre par tant de vertus à s'attirer notre admiration. Sa douceur, sa modération, nous paroissoient plutôt une foiblesse qu'autre chose ; et j'avoue que je ne supportois qu'avec impatience sa froide retenue.

Telle étoit ma situation et l'état de mon cœur, lorsque l'événement le plus inattendu changea tout-à-coup ma destinée. Après six mois d'éloignement, Sémonville se montra, et vint le premier jour demander ma main à mes parens. Je n'examinai point la cause de son retard ; je ne cherchai point si, comme il étoit vrai, la vénération d'une mémoire respectée en étoit le prétexte. Que m'importoient ses raisons ? il revenoit, c'en étoit assez ; je pouvois me livrer à la sensibilité de mon cœur avec la certitude de ne plus m'en séparer.

Cet état d'un attachement sans terme n'étoit donc pas une chimère ! Avec mon bonheur, revinrent les idées de perfection avec lesquelles je le concevois. En retrouvant Sémonville, je retrouvois l'amour constant, éternel, tel que je le voulois ; tout m'en assuroit, son retour, et jusqu'à sa trompeuse infidélité, qui ne m'avoit alarmée que pour mieux m'éclairer.

Je ne passerai pas sous silence les réflexions d'une fille, à cette époque

de la vie où elle réfléchît le plus. J'ai=
mois Sémonville avec passion, et
j'allois lui être unie à jamais ! Cette
union sans borne, je le répète, étoit
même la condition essentielle à mon
bonheur ; car si j'avois pu en prévoir
là fin, je n'aurois pas été heureuse.
Union éternelle avec ce qu'on aime !
Si l'image d'une telle félicité est digne
des transports d'un cœur indifférent,
qu'on s'imagine ce qu'elle est pour la
fille innocente et chaste à qui elle
assure l'objet de ses privations. Mes
plaisirs étoient innocens, et mes devoirs n'étoient que le plaisir ; la vertu
même, dont j'écoutois la voix, me
prescrivoit l'amour, et sa plus grande
rigueur ne commandoit qu'un amour
plus tendre. L'amour pour un mortel
d'accord avec la chasteté ! Situation
incompréhensible pour l'innocence ,

et mystère dont l'examen la trouble et l'étonne, dans quel ravissement vous plongiez mon cœur ! Dans l'ivresse de mes transports, j'ignore comment je ne suis pas morte de l'attente de mon sort !

Nous fûmes unis ; mon bonheur passa mon attente. Je dirai encore un mot d'un état toujours égal, toujours le même. Rien n'auroit ajouté à ma félicité que combloit l'espérance d'en jouir toujours. Je passois mes jours dans ce ravissement : je voyois mon époux ; je le revoyois ; je le voyois sans cesse : je lui parlois de lui, de moi, de notre union éternelle. Je le voyois le même, dans tous les temps ; le passé, le présent, l'avenir, notre amour unique embrassoit tout dans une seule pensée. Une telle possession excède les bornes de la félicité ; si elle étoit éternelle

que resteroit-il à la terre à envier
au ciel ?

Les distractions de notre amour ne
nous avoient point fait chercher la
solitude : j'ignorois quels exemples
m'attendoient dans le monde, et je
suivois sans défiance la pente qui m'y
entraînoit plus avant. Jusqu'ici je
n'avois fait que des découvertes heureuses ; le monde m'avoit offert une
infinité de mystères que je m'étois hâtée
d'expliquer en beau : mon cœur voloit
au-devant de ces explications ; aujour-
d'hui je ne désirois rien, et j'allois
juger avec une expérience tranquille
des objets sur lesquels l'impatience et
l'inquiétude ne me prévenoient plus.

Je me rappelle de quel œil j'avois
vu autrefois le spectacle de la galanterie : son effet ne fut plus le même
sur moi. On sait à quel genre de séduc-

tions une femme est exposée à son entrée dans le monde ; j'appréciai à leur juste valeur les civilités offensantes de quelques hommes qui prenoient droit de ma nouveauté d'afficher sur moi des prétentions. La dépendance où j'étois d'un autre homme étoit une singularité qui les piquoit, et leur goût une contrariété cruelle. J'étois à un autre, et je devois dépendre d'eux ! l'amour n'étoit rien sans le crime, la trahison, l'adultère ; brouiller, déchirer, ensanglanter tous les nœuds, étoit le seul plaisir qui les enchaînât. Je ne dirai pas quels dégoûts m'inspiroit une si barbare politesse ; je fus encore plus étonnée de la complaisance dont mon sexe accueilloit des procédés si offensans : la fidélité conjugale n'étoit pas plus respectée chez les femmes que chez les hommes.

J'en voyois beaucoup, je n'en connoissois point chez qui la galanterie
ne fût le prétexte des actions les plus
blâmables, ou le fond de la réserve la
plus artificieuse : là jeunesse, l'opulence, les agrémens, leur servoient
d'occasion de déréglement, sans être
toujours l'excuse de leurs écarts. Il y
en avoit peu chez qui ce ne fût un jeu
de tromper un mari ; en même temps
que les avantages d'un amant, sa possession, son renvoi, étoient traités
comme une chose ordinaire.

Jalouse de faire régner l'amour sur
toutes les considérations, la jeune de
Valmont paroit son idole de tous les
dons de la fortune et de l'hymen.
Epouse depuis six mois, le moindre
de ses sacrifices étoit l'offrande de sa
personne et d'un cœur prématurément
corrompu ; disparoissant sous l'étalage

de son luxe, et d'autant plus rabaissée par sa prodigalité, elle ne voyoit que ses dons qu'elle élevoit au dessus d'elle. C'étoit pour l'amour que brilloient ses ornemens, plus que pour sa beauté, qu'ils étouffoient; pour lui que brilloit le luxe de ses chevaux; ses domestiques veilloient pour lui; tout dans sa maison portoit sa livrée, et en chassoit le véritable maître.

Plus simple, avec plus d'adresse, plus piquante dans sa simplicité, Mme de Linval cherchoit les mêmes succès criminels, sous les dehors d'une modestie affectée. Cachant l'épouse sous l'extérieur d'une vierge, offrant la licence sous le piquant contraste de l'ingénuité, le luxe, les ornemens fuyoient sa beauté nue et presque négligée; seule simple, au milieu du faste qui l'entouroit, elle sembloit plutôt la fille que la maîtresse de la maison. C'est sous cette réserve qu'é- clatoient sans rivalité la beauté de ses regards, la blancheur virginale de son teint, et que de l'air d'une fille qui attend un époux, son inépuisable modestie se donnoit chaque jour au nouvel amant dont elle remplaçoit l'amant de la veille.

J'avois de plus près l'exemple de Folleville et de Fany de Monval, déjà mariées, et que le nom de femmes avoit comme affranchies de leur sexe, et délivrées de tout frein.

Une conduite tout opposée, et la fermeté de mes principes, m'avoient fait remarquer dans le monde. On me plaisantoit sur la singularité de mes sentimens. Combien de* temps, me disoit-on, est-ce que je croyois penser de la même manière? mon inexpérience et ma nouveauté dans le monde pouvoient à peine excuser des opinions fondées sur la constance et un sentiment absolu. Croyois-je aimer toujours? Croyois-je que l'amour feroit en ma faveur un miracle de fidélité? un jour je verrois mon illusion, et je sentirois par mes regrets qu'il vaut mieux prévenir les changemens de son cœur, que de s'exposer à connoître le vide des passions. Hélas ! mon besoin étoit d'aimer, et non l'avidité brutale des jouissances. J'espérois qu'un amour aussi vrai que le mien ne me tromperoit pas ; mais si je devois survivre à sa perte, je ne connoissois pas l'art de m'en consoler, et de suppléer au plus pur sentiment par le calcul intéressé des plaisirs. Ou l'amour n'est rien, et il est indigne d'occuper un cœur, ou c'est un sentiment véritable, et il doit remplir la vie. Mon opinion étoit invariable en cela, et autant appuyée sur la raison que sur le sentiment : changer ce n'est pas aimer, c'est être attaché au plaisir, indifféremment à la personne ; c'est avouer un penchant indigne, et toute femme qui se donne librement une seconde fois a renoncé à la pudeur.

Je pensois ainsi, et je combattois d'autant plus fortement l'opinion contraire, que je commençois à être frappée d'un changement qui m'étonnoit. Il y avoit deux ans que j'étois mariée, et j'observois qu'à la vivacité de mes premiers transports succédoit la langueur d'une âme épuisée. J'étois heureuse de mon état, mais sans ivresse. Je m'applaudissois d'être l'épouse de Sémonville ; mais accoutumée aux vertus de mon époux, je le voyois sans ravissement. L'homme du mérite le plus supérieur, tel qu'il l'étoit, avoit perdu par l'admiration le droit de me surprendre. Ses actions me paroissoient les traits d'une vie commune, ses discours un langage vulgaire. Ils l'étoient du moins pour moi, qui les entendois tous les jours, et qui ne pouvois plus suffire à mon enthousiasme, comme mon époux se surpassoit en vertus. Aimer moins, c'est n'aimer bientôt plus. Etois-je destinée à perdre mon amour pour mon époux? L'inconstance, qui m'avoit été prédite, se vérifieroit-elle pour moi d'une manière aussi funeste?

Je tremblois de m'avouer mon changement, et je ne pouvois me le dissimuler. Il faut avoir connu un pareil état pour se faire une idée de mes tourmens. Je m'efforçois en vain de

rappeler entre nous les enchantemens
de notre vie passée, la tranquillité,
la paix, la joie pure et vive de la
possession ; une tristesse invincible
prenoit le dessus, et obscurcissoit
toutes mes pensées. J'étois occupée à
regarder d'un air morne et sinistre
cet époux dont je me détachois malgré
moi ; je suivois d'un œil avide le
travail de mon âme sur ses traits.
Fuyant à l'écart, je me surprenois à
pleurer sans raison. Au milieu des
plus tendres caresses de sa part, je
pressois mon époux dans mes bras
avec un mouvement d'effroi, et je le
suppliois follement de ne pas m'aban-
donner. D'où, me disoit ce tendre
époux, d'où peuvent venir tes alarmes,
au plus fort de notre tendresse? et
que crains-tu pour notre union?

J'avois perdu le charme de l'amour.

Après avoir éprouvé l'infortune de toutes les passions dont j'avois été témoin, je commençois aussi à trouver le malheur pour moi-même et dans la passion la plus légitime qu'il fût possible de concevoir. Les personnes que je fréquentois ne furent pas les dernières à s'en apercevoir, et tous les piéges furent employés à seconder ma foiblesse.

Hélas ! dans quel parti on me proposoit de chercher mon bonheur ! J'y aurois été disposée que l'exemple de Folleville qui me le vantoit auroit suffi pour m'arrêter. Je continuois à la voir. Si j'étois une preuve du malheur dans les privations de la vertu, n'en étoit-elle pas une des désordres d'un cœur livré à ses passions ? Cette âme si rapide dans ses jouissances atteignoit aussitôt que moi en repos les bornes de la félicité ; ses efforts pour les franchir ne servoient qu'à joindre au tourment de ses vœux celui de son impuissance. Insatiable et malheureuse à proportion qu'elle jouissoit, elle trouvoit toujours dans les forces de la nature un frein désespérant à l'aiguillon de ses désirs. L'ennui, le dégoût, la profonde tristesse, terminoient promptement ses courtes joies. Il n'y avoit, pour la tirer de son abattement, que l'espoir de quelque jouissance dont la nouveauté fût pour elle une découverte.

C'étoit cependant par ce misérable état que Folleville espéroit me tenter, et n'en perdoit pas une occasion. Je citerai une de ses tentatives, puisqu'elle me ramène à mes malheurs. Ses passions n'ont que trop influé sur moi.

Je ne sais comment elle et deux de ses amies obtinrent mon aveu pour me trouver avec elles dans une maison où je n'avois jamais été. Il s'agissoit de rendre visite à une femme de leur connoissance. Nous y fûmes. Je ne m'arrêtai pas d'abord à l'indécence de leur parure, et à l'air de liberté avec lequel elles entrèrent dans la maison où ce ne pouvoit être l'usage de visiter ainsi la maîtresse. Comme j'entrois la dernière, je remarquai, sous les ajus-temens de la femme qui nous ouvroit, l'air et les traits de cette pensionnaire que j'avois vu enlever au couvent. C'étoit elle. Une sorte de confusion lui avoit fait détourner la tête pour m'éviter. Quand elle se vit reconnue, elle me parla. Elle étoit réellement femme de chambre dans cette maison, où son costume n'annonçoit guère un

autre rang, et où elle n'avoit même
plus la fraîcheur et la beauté de mon
ancienne camarade de couvent. Je
n'entendois rien à ce qu'elle me dit
sur sa condition, et l'offre que je lui fis
de l'en retirer ; impatiente des obs-
curités qu'elle m'opposoit, j'entrai
pour m'éclaircir.

La prétendue maîtresse de la maison
n'y étoit pas. Tout ce que je trouvai
c'étoient les femmes avec lesquelles
j'étois venue, qui, dans une conte-
nance assez libre, conversoient assises
sur un sopha. « Asseyez-vous là, me
» dit Folleville ; nous arrangeons une
» partie dont vous serez. J'ai remarqué
» l'estime que vous avez pour mon
» mari ; vous lui devez la confidence
» que je vais vous faire. Nous sommes
» ici trois femmes ennemies des pri-
» vations de l'hymen, qui, pour aug-

» menter son bien-être, voulons en
» mettre les possessions en commun. »
Un tel discours devient trop clair
pour être transmis sans altération : il
s'agissoit d'un complot par lequel elles
convenoient de se céder leurs maris,
et de les entraîner l'une pour l'autre
dans une infidélité qui les rendroit
eux-mêmes complices de leurs torts.

La sueur froide qui me glaçoit,
l'étonnement, la honte, m'empêchant
de l'interrompre, me donnèrent le
temps de l'entendre jusqu'au bout.
Elle n'eut pas fini que me levant : « Je
» connoissois, lui dis-je, l'audace de
» Folleville ; mais je ne pensois pas
» qu'elle oubliât le respect dû aux
» convenances qui nous rassemblent,
» jusqu'à me rendre la confidente de
» ses débauches. J'ignore à quel point
» elle croit ne pas manquer à la mai-

» son qu'elle choisit pour un pareil
» entretien ; mais pour moi, je n'y
» puis rester. » Je sortois. « Pensez-
» vous, me dit-elle, que la maison
» n'ait pas été choisie pour cela? »
Ce mot fut un éclair, et les réponses
que j'avois entendues à la porte revinrent à mon esprit comme un coup
de foudre. « Au reste, continua-t-elle,
» vous sortez ; il est un peu tard pour
» vous dédire : Sémonville est ici. »
« Il y est! » lui dis-je, en m'avançant
pour le chercher, et en reculant
aussitôt, en songeant à l'horreur du
lieu qui ne me permettoit pas de le dé-
couvrir où je ne pouvois me trouver
moi-même. « Il y est, Madame! eh
» bien, jouissez de ma défaite, et
» laissez-moi sortir. » Je sortis en
effet, et si humiliée que j'allois
jusqu'à me reprocher la honte de

ma situation, lorsque j'eus le bonheur de rencontrer Sémonville. Je
n'avois pas d'abord réfléchi qu'il étoit
impossible qu'il fût où l'on préten-
doit. Cette supposition n'étoit qu'un
trait d'audace d'une femme qui n'épar-
gnoit rien pour aller à ses fins. Je vis
qu'on cherchoit à déranger mon époux,
et que le moyen le plus sûr paroissoit
être de me faire succomber moi-
même ; cette réflexion me tranquillisa
sur les suites.

Sortie d'une maison où l'innocence
est quelquefois entrée, j'y laissois cette
infortunée que j'avois vue dans la dernière humiliation, et au dessous du
vice même, puisqu'elle y exerçoit
une profession servile. Je ne craignis
pas d'y ménager quelque intelligence
pour plaider sa sortie. Ce fut en vain :
elle ne tenoit plus à son déshonneur

par une ombre même de considéra-
tion qu'elle aimoit encore sa honteuse
servitude.

Le danger que j'avois couru, m'avoit
éclairée sur l'imprudence de mes liaisons ; je vivois solitaire, tout entière
à mes devoirs ou plutôt à mon malheur. J'avois renoncé au monde, et
je trouvois en moi les mêmes foi-
blesses que j'avois fuies ! Il n'étoit que
trop sûr que je n'aimois plus Sémonville ; je tombois tous les jours davantage dans ce refroidissement que j'avois
tant appréhendé, où l'amour conju-
gal n'est plus que de l'amitié pour une
personne qu'on ne peut aimer, et de
l'estime pour l'objet d'un choix qui
commence à déplaire.

A force de me tourmenter d'une
condition insupportable, je trouvai
dans mes agitations et le conflit de mes

sentimens opposés le seul remède qui pût flatter mon désespoir. Je n'aimois plus Sémonville, et je ne m'étois jamais senti portée plus violemment vers lui ; je languissois, je pleurois, je m'indignois d'être si fortement entraînée contre ma volonté ; je voulois l'aimer, et j'éprouvois une résistance invincible ; toutes les forces d'une âme languissante m'abandonnoient sans ressource dans ma résolution. Je ne voyois rien à reprocher à mon époux; toujours tendre, toujours égal, toujours méritant, c'est moi qui, au contraire, me reprochois de ne pas l'aimer autant que je le devois. Ce changement venoit de l'habitude de le voir : sa facilité à se prodiguer pour moi étoit son seul tort. Il étoit donc sûr qu'en m'en éloignant, je détruisois l'effet de l'habitude et du dégoût, et retrempois mon âme dans de nou-

velles forces. Cette idée une fois ap-
perçue, il n'en fallut pas davantage :
je crus entrevoir un nouvel ordre de
choses qui changeoient mon sort dans
l'éloignement. Que n'aurois-je pas
donné pour revenir à mes premiers
sentimens et aux transports de mon
enthousiasme éteint? C'étoit peu de
ma vie pour un moment d'un tel
bonheur; je hasardai plus, je risquai
l'amour de mon époux.

Il est certain que je l'exposois en
avouant mon changement à Sémonville; mais la droiture de ma démarche étoit une trop belle excuse de
ma faute pour m'en priver par la
dissimulation. Je m'ouvris donc fran-
chement à lui. « Ecoutez, lui dis-
» je : vous m'estimez trop pour
» penser que je puisse vous cacher
» quelque chose de ce qui se passe

» dans mon cœur, ni vous attester
» quelque chose qui n'y soit pas. Vous
» m'êtes donc témoin que vous êtes
» le mortel le plus cher que j'aie au
» monde ; mais le ciel a soumis au
» changement les sentimens de l'hu-
» manité, et ne m'a pas faite plus à
» l'épreuve de ses coups. Cet état est
» affreux ; mais il n'est que trop vrai ;
» Sémonville, je cesse de vous aimer.
» Peut-être ce mal n'est-il pas sans
» remède ; peut-être l'âme a - t - elle
» comme le corps ses dérangemens
» et ses maladies, après lesquels elle
» répare sa santé et ses pertes. Laissez-
» moi attendre mon rétablissement
» dans une retraite convenable au
» désordre de mes sens : je reviendrai
» digne de mon époux, ou je mourrai
» loin de lui, mais plus digne de nos

» nœuds que dans ma coupable pré-
» sence. »

Sémonville eut beau m'opposer sa
confiance en mes sentimens, et me
taxer de terreur imaginaire et de sensibilité exagérée, il n'y avoit rien qui
pût me retenir; je ne l'aimois plus,
je ne devois plus vivre avec lui; j'avois
perdu pour mon époux l'amour qu'un
parti rigoureux me flattoit de recouvrer, je devois le chercher par tout
l'univers avant de reparoître à ses
yeux. Il y a une autre existence pour
une autre manière de voir; mais telle
est celle de l'âme, constance et per-
sévérance à ses premiers engagemens,
et pour elle il n'y a point de dégradation consentie.

Nous avions, dans une province
éloignée, une parente du côté de mon
époux : nos rapports cachoient à mer-

veille, aux yeux du monde, les motifs de ma résolution, et aux miens en m'ouvrant un asile décent ils servoient mon amour et ma froideur, en me donnant une place convenable entre ces deux états : je n'étois ni avec mon époux, ni hors de sa famille : ce fut là que j'arrêtai ma demeure, et je partis.

J'avois pour but de recouvrer cet amour que je n'avois plus, et qui m'avoit enchantée, de voir renaître cette jeunesse d'âme, émoussée par l'usage d'une sensibilité trop délicate. Je trouvois la certitude d'y réussir dans le goût encore si vif de ma première félicité, et dans l'entretien des vertus de mon époux dont le souvenir ne me quittoit pas, que je fuyois et ne pouvois oublier.

J'ai peu parlé de lui dans la première partie de cette histoire. Dans des temps heureux, son idée se confondoit avec celle du bonheur que je lui devois ; déchue de cet état, mon bonheur étoit tout en lui. Pour savoir l'histoire de mes pensées, il faut le connoître tel qu'il étoit.

Envers tout autre homme, la démarche que j'avois faite de le quitter, quelque raison qui pût m'excuser d'ailleurs, n'eût été qu'une imprudence impardonnable par laquelle je l'exposois à me manquer de foi ; mais pour mon époux, je savois bien sous quelle garde je le laissois, et à quel point je pouvois compter sur lui. Sémonville m'aimoit ; mais il ne m'auroit pas aimée, qu'il y avoit encore l'infini entre lui et l'ombre même d'un soupçon de ma part ; il étoit incapable d'une infidélité : trahir son devoir, aimer une autre femme, eût été une souillure pour une âme non-seulement aussi fière de sa chasteté que l'étoit la sienne, mais encore aussi vaine de ses préférences. Quand je l'ai connu, il m'a avoué que j'étois la première femme qu'il eût aimée. Il avoit cherché une épouse dans Lucie Adinlton; mais elle avoit fait peu d'impression sur son cœur.

Ces principes avoient leur source dans une manière de voir particulière. Sémonville avoit beaucoup d'éléva-tion et d'enthousiasme, et étoit en-core, quand je le quittai, l'homme à qui j'en ai vu le plus. Il ne connoissoit pas les hommes, et il croyoit qu'ils se prêtoient facilement à l'admiration et à la justice ; il avoit des vertus, et il en attendoit de la distinction ; en cela il avoit tort. Je sentois vivement qu'il donnoit à ses actions une fausse base, qu'il se faisoit de l'estime des hommes une idée exagérée, et qu'il étoit à craindre qu'en perdant ses illusions il ne renonçât aux vertus qu'il avoit à cause d'elles.

Rien n'est propre à rendre le calme et la sérénité à l'esprit comme un usage modéré des plaisirs ; les forces de l'âme, comme celles du corps, se recouvrent mieux par un doux exercice que dans une entière inaction. Dans ma retraite, je continuois à voir le monde ; ma parente m'avoit présentée partout ; j'allois partout ; chez des femmes aimables, les unes sérieuses, les autres frivoles, mais toutes livrées au plaisir. Ces nouveaux objets m'étonnèrent comme mes premières sociétés, et même au-delà. Je ne tardai pas à m'apercevoir que le monde est comme un livre où on lit plus de choses à proportion, qu'on a soi-même plus de lumières. Si je ne me trompe, on y cachoit la vertu sous les apparences du vice, comme on cacheroit naturellement le vice sous les apparences de la vertu. Tout se passoit cependant comme à l'ordinaire dans des cercles décens où l'on parloit haut de bienséances, et où l'on se trompoit tout bas ; où l'on se traitoit gravement en cérémonie, où l'on parloit de la vertu, comme-je l'ai dit, avec les airs de l'impudence.

Comme on me savoit sans intérêt pour moi dans ces sociétés, et qu'on jugeoit par là de ma discrétion, chacun cherchoit à m'intéresser à ses liaisons. J'ai souvent écouté les aveux d'une jeune personne à laquelle je répondois par mon étonnement. Combien de fois n'ai-je pas demandé grâce pour moi-même, au délire indiscret d'une femme coupable ! Ma rougeur trahissoit son secret, et l'impossibilité de le taire mettoit au jour le supplice de la modestie. Placée comme le dieu du mystère, au lieu d'un rendez-vous, sans rien voir et un doigt sur la bouche, j'ai servi, sans le savoir, à leurs égaremens. J'étois témoin de cet attendrissement si contagieux de la langueur universelle ; je voyois déployer ces faveurs de l'amour auxquelles il donne un prix si grand et toujours si trompeur : on m'apportoit un billet, un portrait, des dons ; j'étois comme une divinité surchargée d'offrandes et de vœux ; je voyois à mes pieds l'avide crédulité agiter les cartes de la fortune, et me consulter sur ses décisions. La divinité s'indigna de servir les vices des mortels, et leur refusa ses oracles.

Retombée dans le même monde qu'autrefois, j'y trouvois les mêmes dangers. « Restons, dis-je à ma pa-
» rente, restons à l'écart; n'est-il de
» plaisirs que dans la foule, et d'ennuis
» que dans la solitude? »

Peu importoit de l'une ou de l'autre à une femme qui portoit les attache-mens du monde dans la retraite. J'ai peu vu de caractère moins fait pour s'embarrasser d'aucune obligation sérieuse, et qui sût mieux faire servir ses sacrifices au bonheur de ses passions. Ravie au monde, et recueillie dans ses intrigues, elle se faisoit, auprès de l'amour, un mérite des contrariétés qu'elle éprouvoit; l'obstacle étoit une amorce, ses peines un charme de plus; plus heureuse quand

3.

elles lui coûtoient des larmes où elle se donnoit à elle-même une preuve de son asservissement. On sent bien qu'avec une telle manière de voir, sa solitude portoit le caractère de la liberté qu'elle y admettoit. Tout en prenoit la teinte, ses occupations, ses femmes, jusqu'aux murs même. Les heures de la nuit, celles du jour, le silence, les conversations, tout éclairoit sa vie du reflet d'une passion unique. « Je ne savois pas, disoit-» elle, quel pouvoir exerçoit sur nous » un amant! quel plaisir il y a à s'oc-» cuper de lui! à veiller pour en être » vue! à prêter l'oreille au son de sa » voix! » En même temps elle voloit à une fenêtre où se passoit quelque bruit singulier, ou se rasseyant d'un air arrangé, reprenoit le sujet de cet amant qui la remplissoit d'un délire extatique. Elle en parloit, et elle étoit heureuse, ou se faisoit un bonheur non moins grand des soins qu'elle prenoit pour lui ; une écharpe baisée en secret, à cacher aux regards d'un époux ; une autre à couvrir, sous ses yeux, d'un chiffre adoré, où se trouvoit, sans se voir, la marque d'une infidélité qui lui étoit chère.

Un tel abandon avoit pour elle de grands charmes, ou elle les payoit trop par les ressentimens d'un époux toujours sur ses pas, aussi prompt à être éclairci qu'offensé, et mettant toujours l'image de la souffrance à côté du plaisir. Comment n'étoit-elle pas arrêtée par un tel obstacle ? Ne semble-t-il pas qu'où la honte natu-relle ne peut suffire pour nous retenir dans une passion criminelle, le ciel a mis dans les difficultés dont il l'entoure une nouvelle honte propre à nous en détourner ? Qu'y a-t-il que de dégoûtant dans un amour outragé, disputé, et dont une furie vient éventer les secrets et faire évanouir les charmes ?

Quel spectacle pour moi ! quel exemple pour une foible épouse déjà trop découragée, et qui ne se retraçoit ses devoirs que dans les leçons de l'insubordination, on l'autorité conjugale que dans les traits d'un époux impunément offensé ! Quelque incroyable fermeté qu'il y eût dans ma parente à mépriser les suites de son indiscrétion, je ne voyois encore en elle qu'une femme romanesque qui épuisoit, sur un fonds de coquetterie trop ordinaire, les facultés d'une âme tendre et exaltée. Je ne rompis point avec elle ; je l'accompagnois au contraire dans les maisons où elle alloit encore. Elle m'y avoit invitée sous le prétexte d'épargner des soupçons à son époux, qui la verroit sans crainte avec moi. Cette attention annonçoit de l'amendement dans ses idées. Je saisis l'occasion de lui être utile, dans l'espoir de la ramener sincèrement au bien; si la vertu n'avoit pas encore le mérite de toutes ses actions, le temps que nous passions ensemble étoit du moins gagné pour elle.

Quelquefois je la suivois dans une maison où elle avoit à faire une bonne action; un autre jour dans une chapelle, où la portoit une dévotion particulière. Ici elle passoit dans un lieu secret pour être plus recueillie, et là elle me prioit d'attendre à la porte pour ne pas mortifier ceux qu'elle alloit soulager. Ces précautions ne

m'alarmoient pas , car si elle eût voulu
elle n'eût pas été à la vérité sous mon
manteau, mais elle y seroit venue sans
moi.

— Un jour, à la campagne, je l'attendois à la porte d'une chaumière où
elle alloit souvent. La soirée étoit
riante ; je m'entretenois du sujet ordinaire de mes réflexions, de mon amour
pour mon époux, que j'espérois voir
se rallumer bientôt. Tout portoit à
mon cœur les plus douces espérances,
la beauté du lieu, l'empire de la vertu
se faisant tous les jours sentir davantage au cœur de mon amie. Tout-à-
coup je vois son époux paroître, une
épée à la main, et me demander sa
coupable épouse. Dans mon effroi,
mon premier mouvement fut de me
jeter dans la chaumière entr'ouverte,
et d'en repousser la porte sur moi.

Lui, il n'étoit pas bien éloigné, je ne sais comment il ne me suivit pas (j'ai appris depuis qu'il s'étoit engagé dans une autre entrée pratiquée à dessein, et qui s'ouvroit en refermant la porte masquée qu'il falloit cacher) lui, il suivoit le chemin que lui avoit tracé son inexplicable épouse, et s'avançoit dans le labyrinthe de ses ruses, à une conviction qu'il ne devoit jamais tirer.

Je ne fus pas aperçue en entrant. Le premier spectacle qui frappa mes regards, ce fut mon amie en pleine familiarité avec un homme dont la présence n'annonçoit pas une nouvelle indiscrétion. Un tableau trop peu voilé au dedans ! au dehors un époux furieux ! Je tombai à genoux : « Ciel ! » m'écriai-je, toutes les épreuves de » l'infidélité les réservez-vous à ma » foiblesse ? et tournez-vous contre

» moi jusqu'aux mouvemens de mon
» aveugle pitié? » Ce retour sur moi-
même faisoit surtout l'horreur de ma
situation. Avec quelle fausseté une
femme à laquelle je m'étois fiée, me
faisoit servir de joüet à ses passions,
et disposoit de ma participation à un
affreux adultère ! Je n'avois pas, à
beaucoup près, le droit de me montrer sévère dans mes sentimens ; mais
le ressentiment de la violence, l'intérêt d'un époux encore plus offensé
que moi-même, me trouvoient inexo-
rable dans sa propre injure. Lorsqu'il
n'y avoit plus que lui d'inviolable en
moi, que lui restoit-il encore si je le
laissois outrager dans ses droits les
plus sacrés ? L'arrêt de ma séparation
d'avec ma parente fut aussitôt prononcé. Je ne pouvois cependant errer
par toute la terre devant le crime qui

me poursuivoit. Il falloit apporter des précautions à la démarche la plus juste; il falloit écrire à mon époux pour en obtenir l'agrément de lui rester fidèle.

Seule et sans société autour de moi, j'avois pris, pour me tenir compagnie, une jeune personne de la maison, que sa confiance m'avoit adressée autant que la mienne m'auroit naturellement attachée à elle. Elle sembloit accablée d'une disgrâce secrète, et m'avoit fait promettre de l'emmener quand je partirois. Hélas ! moi qui cherchois un soutien, sur quelle nouvelle foiblesse j'allois appuyer la mienne ! Cette fille étoit amoureuse de son maître. L'amour vrai et malheureux avoit produit son effet sur la nature, non toutefois qu'elle le connût par ses véritables symptômes, ni qu'elle l'ignorât tout-à-fait. Innocente pourtant, et tourmentée des orages d'une passion terrible, elle ne se réveilloit de ses écarts que par des avertissemens cruels. Aussitôt soufflétée que coupable, elle ne connoissoit que le malheur de déplaire à sa maîtresse qui la punissoit, et venoit tomber dans mes bras, où je ne pouvois encore l'absoudre du crime qu'elle ignoroit.

De tous ses torts elle n'en savoit qu'un, celui d'aimer, et n'en montroit que mieux ceux où elle tomboit sans cesse sans le savoir. Abattement, tristesse, langueur, insomnies, elle ne comprenoit rien, et disoit tout; et pourtant sujétion aveugle, désirs, ardeur, secrets mouvemens, elle éprouvoit tout, et n'ignoroit que l'amour. « Que faites-vous? » falloit-il lui dire. « Que dites-vous? Sont-ce là

» les discours d'une fille sage? » Ses actions les plus indifférentes étoient souvent blâmables sans qu'elle s'en doutât ; elle s'en écartoit quand on les lui montroit avec le contentement d'une âme pure d'intention. C'étoit un naturel heureux, qui n'avoit besoin que d'être averti pour se redresser ; mais l'amour perçoit toujours dans le premier mouvement, et se jouoit en tyran de sa vertu.

J'avois sans cesse sous les yeux, dans les traits les plus aimables de la nature, cet amour inévitable et inconstant que je trouvois partout égaré ; et que je ne pouvois ramener à sa source, lorsque le ciel, qui ne vouloit pas me laisser reposer un moment sur une idée consolante pour ma foiblesse, mit sous mes yeux un tableau plus rigoureux de l'effet des passions.

Une de ces femmes que j'avois con-
nues autrefois dans le tourbillon du
monde, infidèle à son époux, et malheureuse dans son inconstance, sans
autre raison que celle d'être trop heureuse, et de jouir à souhait d'un bonheur trop facile, passant des plaisirs
aux dégoûts, et du mécontentement
à la sévérité sur ses plaisirs, avoit
trouvé tant d'ennuis dans ses erreurs
qu'elle s'en étoit dégoûtée. Quoiqu'à
sa première faute, elle n'avoit pas
jugé qu'il valût la peine de changer
de passion pour changer de regrets.
Elle avoit quitté le théâtre de ses foi-
blesses, et s'étoit retirée dans cette
province où elle étoit née, qui étoit
celle que j'habitois.

Trop disposée à m'appliquer l'exemple de sa situation, le cœur déjà si
serré des regrets d'un amour que je

sentois l'impuissance de rallumer ;
sans force pour aimer, sans force pour
rester insensible à la vue des passions ;
« Le voilà, m'écriai-je, cet amour
» trompeur ! Il n'entre dans un cœur
» que pour y laisser des pertes, et
» ne l'enchante que pour le déso-
» ler. Mais combien d'exemples ne
» m'a-t-il pas déjà offerts de sa per-
» pétuelle inconstance ? et qu'ai-je
» vu si souvent que je ne visse en-
» core au besoin d'une nouvelle infi-
» délité ? Nous répondons tous les
» uns pour les autres d'un dégoût
» assuré dans la carrière des affec-
» tions. Nul moyen de l'éviter. Tel
» croit lui échapper dans la multi-
» tude des plaisirs, qui le trouvera
» dans son changement aussi prompt
» à l'atteindre qu'habile à s'y dérober.
» C'est un effet de l'inquiétude du

» cœur, qu'il ne trouve le bonheur
» dans aucune situation ; ce qu'il a
» le rend malheureux de ce qu'il n'a
» pas. En effet, qu'est-ce qu'un bon-
» heur qu'on a connu, auprès de ceux
» dont on pourroit jouir ? une manière
» d'être auprès de la diversité des
» affections ? Quel homme aussi for-
» tuné qu'il se puisse imaginer ne
» sera pas vivement troublé par le
» nombre des jouissances qu'il ne peut
» embrasser ? Que dis-je ! il seroit
» heureux de toutes les façons, qu'à
» l'instant d'un plaisir, il porteroit
» encore envie au moment d'un autre :
» il voudroit être, comme l'être in-
» fini, heureux de toutes les félicités,
» dans tous les temps. »

Malheureuse et agitée en moi-même,
je reposois auprès de Sémonville, je
me faisois un bonheur éloigné et tran-

quille dans le sein de cet homme pour lequel je croyois être encore ce que j'avois été jadis. Les premières nouvelles que je reçus changèrent bien ces dispositions.

Folleville, dont on connoît les anciennes tentatives sur mon époux, n'avoit pas renoncé aux espérances qu'elle avoit fondées sur la ruine de notre union. En mon absence, elle se montra. Un homme de l'espèce de Sémonville étoit pour elle une conquête qui réveilloit son goût usé, et l'aiguisoit par la difficulté. Elle avoit réussi à se l'attacher, et je savois jusqu'au moindre détail tous les progrès par lesquels elle avoit passé. Qu'on se figure un homme honnête et simple, devant une femme hardie et empruntée, qui le confond par l'inconvenance de ses avances ; qu'on se figure

les charmes de la toilette, ceux des
faveurs d'une femme plus doux par la
prévenance, on se peindra la situation
de Sémonville, dans des attaques dont
il étoit pour la première fois l'objet.
Je savois jour par jour, comme si j'y
avois été présente, les avantages qu'elle
avoit remportés sur lui : je le voyois
agir, parler, écrire. Je le voyois fuir,
saisi d'une honte vertueuse, devant
les entreprises de sa maîtresse ; et elle
le poursuivre sans rougir de se faire
homme à sa place, ou l'attendre,
l'attirer, le flatter, et s'étonner d'être
encore modeste et timide. Moins con-
trainte, plus elle s'étoit gênée et voi-
lée par ses déguisemens, elle osa se
montrer à son amant sans l'effrayer de
sa nudité. Comment nommer autre-
ment l'indécence la moins sauvée ?
Elle ne fut jamais plus nue ni plus

séduisante : elle lui avoit montré sa passion, avec un appareil qui ne laissoit pas un de ses charmes à couvert ; elle avoit osé le tenter par la société des autres femmes qui lui retraçoient, sous mille formes variées, ce qu'elle lui offroit à elle seule. Enfin elle l'emporta : Sémonville étoit dans ses fers. La source dont je l'apprenois ne me donnoit point de preuves de son infidélité ; mais si elle ne l'affirmoit pas, elle ne disoit rien qui la démentît.

« Et vous aussi ! » m'écriai-je, avec une tristesse qui se soulageoit par mes larmes, « vous aussi vous démentir, » Sémonville ; avec tant de noblesse, » de vertu, d'élévation ! »

Mon premier mouvement fut un sentiment de pitié pour cet infortuné ainsi abandonné à lui-même, et dans le découragement et l'oubli des devoirs, tombé dans une dégradation qui le rendoit méconnoissable. Je voulois re-voler vers lui ; je ne voyois dans notre séparation que le malheur de l'avoir perdu par une fausse délicatesse. Ma situation étoit bien empirée ! Quel titre avois-je encore à me mêler de la conduite de Sémonville ? Il étoit inconstant ! Que faisoit-il de plus que de suivre l'exemple que je lui avois donné, et même cruellement enjoint malgré sa résistance, moi qui lui avois déclaré que je ne l'aimois plus, et qui ne m'enflammois pour lui que par dépit ? Etoit-ce un droit que ma jalousie ? Allois-je chez lui me mêler à ses maî-tresses, et joindre le rôle ridicule de surveillant jaloux aux lâchetés de l'é-pouse sans amour ? Ces idées m'arrê-tèrent, et la réflexion m'en suggéra bien d'autres.

Je me serois tourmentée pour changer mon sort, que je n'aurois pas été
plus heureuse. Notre retour au bonheur étoit impossible, et dans notre
déchéance, ma situation étoit la plus
supportable que je pusse désirer : un
nœud de respect m'attachoit toujours
mon époux : j'étois de loin plus que
de près l'épouse de Sémonville ; ses
lettres m'assuroient de sa tendresse ,
et son inconstance trop réelle reveil-
loit mon amour plus que je n'étois
sûre de l'éprouver, si j'eusse été heureuse.

Comment cependant étoit arrivé le
changement de Sémonville? Comment
m'expliquer cet étrange mystère dans
un homme en qui j'avois connu un
génie si élevé et l'éloignement de toute
foiblesse? Hélas! précisément par ces
choses même. Après mon départ,

Sémonville avoit cherché des distractions dans le monde ; il y avoit porté
avec candeur l'enthousiasme de la
gloire, la confiance à l'estime et aux
vertus des hommes, et il avoit vu avec
surprise le dénûment absolu de tout
ce qu'il espéroit trouver, et la corruption générale établie à la place des
rêves de son imagination. Accoutumé
à moins estimer des vertus qu'il
avoit seul, il en vint peu à peu à dé-
daigner les dons d'une organisation
exquise, et à mépriser sa supériorité. La pente du découragement est
rapide ; de l'oubli de lui-même, il
n'y avoit plus qu'un pas à se conci-
lier avec le vice, à se régler sur les
mœurs communes, et à regarder
les importunités d'une âme élevée
comme un poids incommode qu'il falloit étourdir.

Ainsi dégagée du seul lien qui me retenoit encore, n'ayant plus personne qui s'intéressât à mes sentimens, je pouvois les oublier où il m'auroit plu ; je n'en étois que plus impatiente de recevoir l'autorisation de Sémonville pour m'éloigner. Je n'attendois que ses avis pour y conformer ma démarche, lorsqu'une nouvelle qui détruisoit tout le fruit de mes précautions en empêcha l'exécution.

Comment en parler comme je l'appris ? comment peindre l'étonnement qu'elle me causa ? C'étoit une si profonde infortune ; cet événement étoit si imprévu, si soudain, que je ne saurois encore après tant d'années l'aborder sans préparation : il faut le prendre de plus haut.

Il y avoit long-temps que Sémonville étoit l'amant de Folleville. J'ignorois mon malheur, et à quel point mon foible époux avilissoit la chaîne relâchée, mais toujours sacrée, de l'hymen. Ce n'étoit même pas sa seule infidélité; la femme qui l'avoit corrompu pour elle, et qui le retenoit par les plaisirs, ne put empêcher qu'il n'en prît ailleurs qu'elle ne lui donnoit pas. Si elle l'emportoit quelquefois sur ses rivales, c'étoit par les ressources d'une profonde corruption qui le poussoit toujours dans quelques nouveaux plaisirs; et lui en créoit d'étonnans, dans un engagement qui n'excluoit rien.

J'ai parlé de cette scène, où trois femmes éprises de l'infidélité, convinrent d'entraîner le mari l'une de l'autre dans leur inconstance. Ce projet fut conduit avec la délicatesse qu'il leur convenoit de mettre dans une action si morale. En recherchant les plaisirs de l'inconstance, elles ne renoncèrent point à l'excuse qu'elles pouvoient tirer de leur fidélité apparente à leurs époux; ou plutôt à la part qu'elle leur donnoit à d'autres plaisirs. Il fut convenu de ne rien faire qu'en conscience : fidèles à leur devoir d'épouses en cherchant à déranger leurs maris, de se régler sur leur exemple, et de ne profiter que de la liberté qu'on leur donneroit. Elles les enchaînoient comme épouses, tandis qu'elles les engageoient comme amantes ; et soigneuses à rattacher d'un côté le lien qu'elles dénouoient de l'autre, faisoient tout leur possible pour balancer par l'assiduité les ravages de la séduction ; mais il y avoit tant de différence dans les rôles qu'elles remplissoient, et toujours malgré elles tant de charmes de plus d'un côté que de l'autre : elles travailloient si bien en dépit d'elles à ruiner les efforts qu'elles faisoient pour se conserver, que les épouses relâchèrent peu à peu de terrain, et firent tout-à-fait place aux amantes. Alors on vit trois femmes, sûres de leurs plaisirs, et surtout de leur innocence, joindre à l'impunité, la vengeance non moins savoureuse qu'elles tiroient des époux qu'elles trahissoient.

Le nouvel excès de Folleville eut la publicité qu'elle aimoit à donner à ses actions. Sémonville, en entendant parler dans le monde, ne put souffrir le déshonneur dont se couvroit une femme avec laquelle il étoit lié. Il tira l'épée, et avoit été blessé mortellement dans un duel entrepris pour la justification de sa complice.

Telle étoit la nouvelle que je recevois, et tel étoit enfin le fruit de mon funeste éloignement ! Je pleurois Sémonville mourant, et je pleurois le sacrifice de ses jours, si honteusement prodigue d'un bien qui m'appartenoit ; mais il falloit le secourir, et j'étois déjà partie avant d'être entrée si particulièrement dans le malheur de ma position.

J'appris en route la mort de Folleville. Son époux, à qui le faux coloris d'un duel n'en pouvoit imposer sur une injure qui lui étoit propre, s'étoit fait justice, en immolant sa femme à son honneur.

J'arrivai au lit de Sémonville. « Vous venez trop tard, me dit-il : » pourrez-vous me reconnoître dans » un état si différent de ce que j'étois ? » Je n'avois pas besoin d'une longue explication, pour être au fait de ses malheurs que je connoissois : la sienne fut courte et cruelle. Après être en-

core revenu au malheur de son changement qui faisoit son supplice à ses
derniers momens, et dont le regret
ne s'exprimoit que trop amèrement
dans ses sanglots, ses larmes qui ne
pouvoient tarir, et ses retours invo-
lontaires vers un bonheur qui n'étoit
plus : « C'est l'ouvrage des hommes,
» ajouta-t-il. Vous m'avez vu plein de
» principes d'honneur et d'élévation,
» ne trouvant que la vertu qui fût
» digne d'envie, et que vous d'aimable ;
» que ne m'en rapportai-je au témoi-
» gnage de mon cœur, pour croire
» qu'une telle félicité pouvoit se passer
» de l'approbation des hommes ! Mais
» peut-être aimois-je trop peu la
» vertu pour elle-même. J'entrai dans
» le monde, et vous savez comment,
» désabusé de tout ce que j'aimois, je
» fus bientôt au niveau de ce que j'avois
» méprisé, et l'émule du vice, digne

» enfin de lui plaire par mon empres-
» sement à le surpasser. J'avois, avec
» une espèce de fureur, pris à cœur
» l'ouvrage de mon avilissement. Je
» creusois avec joie l'abîme de ma
» perte. Le croiriez-vous? je cherchois
» à perdre dans le désordre de ma
» conscience le désespoir de m'être
» trompé dans mes illusions. Comme
» si, hélas, c'étoit une illusion que
» la vertu! Comme si c'étoit une illu-
» sion que l'élévation, la grandeur
» des sentimens, et le bonheur qu'on
» en retire pour soi - même ! Ah !
» croyez-moi; l'on peut mourir quand
» on s'est ainsi survécu ; il n'y a rien à
» regretter dans un monde où la
» gloire et la vertu ont cessé de vous
» encourager et de vous paroître la
» récompense de vos actions. »

Je le croirai toujours ; le ciel gardoit un triomphe à la vertu, dans les

remords de cet honnête homme. Je le perdis , et pour la première fois je pus me l'avouer sans honte , il n'y avoit point d'amour dans mes regrets. Ainsi s'étoit éteinte une passion dont j'avois cru l'attachement éternel ! L'enthousiasme de la vertu n'avoit pu sauver de ses dégoûts le plus généreux des hommes , et si j'y étois resté plus fidèle je ne le devois qu'aux vertus qui en font une loi plus rigoureuse à mon sexe ; mais , je le répète , j'avois perdu tout ce qu'on peut perdre.

J'étois restée dans la ville qui gardoit les cendres de Sémonville , autrefois le séjour de mon bonheur. Que tout y étoit changé en peu d'années ! Folleville n'y étoit plus ; Fany de Monval étoit morte des suites de ses déréglemens ; une nouvelle génération s'élevoit à la place de celle que j'avois connue.

Je revis ce sage M. de Molvan, qui avoit prophétisé mes malheurs. Le temps vieillit moins que les passions; lui seul ne paroissoit pas changé. J'entrai dans sa maison, comme sauvée du naufrage ; je fus reçue avec la même affabilité qui avoit accueilli ma jeunesse. Dans l'intérieur, je trouvai cette jeune personne qui avoit été son élève. Elle étoit assise au milieu de plusieurs enfans dont elle étoit mère ; et lorsqu'elle-même étoit à peine changée, elle ne reconnut pas d'abord que c'étoit moi qu'elle voyoit.

« Eh bien ? » me dit le vieillard en posant ses mains sur les miennes, comme pour me rappeler ce qu'il m'avoit dit autrefois dans la même position, et me demander le résultat de l'épreuve que j'avois faite du monde : « Eh bien ? » me dit-il d'un air pensif, et s'arrêtant à ce mot. Je penchai ma tête sur ses mains, et des torrens de larmes furent ma réponse.

« Pleurez, reprit-il ; pleurez la » perte de vos illusions et les imper- » fections de l'humanité si cruelle- » ment éprouvées par votre expé- » rience ; mais ne regrettez pas les » séductions de votre cœur. Les pas- » sions ne sont pas à craindre quand » on en tire comme vous des traits » plus éclatans que la sagesse même, » et votre heureuse folie ne m'est pas » moins chère que l'innocence de cet » enfant qui ne m'a jamais quitté. » Il parloit de Cécile, c'étoit le nom de sa pupille, avec laquelle sa bonté me confondoit dans ses encouragemens.

Mais que je sentois vivement ce qu'il restoit d'humiliant pour moi dans un éloge dicté par l'envie d'obliger ! et combien d'amertume je devois trouver dans le parallèle d'une femme si supérieure ! avec quelle injustice je l'avois autrefois jugée ! et qu'étoit-il resté des brillantes espérances de ces sociétés où elle avoit paru avec si peu d'éclat? Deux enfans de Folleville, en deuil, et pâles, paroissoient au milieu de nos cercles, comme un exemple en qui le ciel perpétuoit les funestes suites de nos erreurs; tandis qu'à leur côté, les enfans de la maison frappoient les yeux du tableau de la prospérité et du bonheur, qu'achevoit le contentement de leur mère. Dupe encore de l'espérance, et pleine des regrets d'une félicité dont j'avois trop peu joui : « Qui ne seroit » encore tenté d'aimer, m'écriai-je, « quand on voit l'amour produire un tel » résultat? C'est faute de sensibilité » que je n'ai pas été heureuse ; Cécile » seule a mérité son bonheur par la » vivacité et l'ardeur de ses senti-» mens. »

Cette question revenoit si souvent dans mes discours, que le vieillard dissipa enfin mes doutes par une réponse à laquelle je dois la paix de ma vie, et que je citerai ici comme le dernier trait sur lequel je désire arrêter les réflexions du lecteur. « Vous vous » trompez, reprit-il enfin, Cécile n'a » jamais connu l'amour. Vous l'avez » vue dans un âge où rien n'égaloit sa » modération ; en état d'être mariée, » elle a pris un époux de ma main. Elle » devoit l'aimer ; je suis sûr qu'elle » l'aime tous les jours davantage, » parce qu'un sentiment raisonnable » est de nature à croître encore. Ne » voyez-vous pas, au contraire, qu'un » amour violent, porté tout de suite » à son comble, ne peut se soutenir ? » On compte sur sa durée ; et com— » bien cette idée a-t-elle fait de vic— » times ? Elle égare tous les jours une

» infinité de femmes qui passent de
» l'illusion au crime. Pour vous que
» l'amour n'a pu avilir, il vous a
» rendu malheureuse en vous faisant
» chercher loin des lois de la nature,
» une exaltation qui n'est nulle part. »

FIN.